FRANÇOIS FABIÉ

LA

POÉSIE DES BÊTES

PARIS

LIBRAIRIE DES BIBLIOPHILES

Rue Saint-Honoré, 338

M DCCC LXXIX

LA
POÉSIE DES BÊTES

FRANÇOIS FABIÉ

LA
POÉSIE DES BÊTES

PARIS

LIBRAIRIE DES BIBLIOPHILES

Rue Saint-Honoré, 338

M DCCC LXXIX

DÉDICACE

A MON PÈRE

C'EST à toi que je veux offrir mes premiers vers,
Père! J'en ai cueilli les strophes un peu rudes
Là-haut, dans ton Rouergue aux âpres solitudes,
Parmi les bois touffus et les genêts amers.

Tu ne les liras point, je le sais, ô mon père!
Car tu ne sais pas lire, hélas! et toi qui fis
Tant d'efforts pour donner des maîtres à ton fils,
On ne te mit jamais à l'école primaire :

Car, petit-fils d'un serf et fils d'un artisan,
Dès que ton pauvre bras fut tout juste assez ferme
Pour pousser sur ses gonds le portail d'une ferme,
Tu tombas dans les mains d'un âpre paysan,

Qui, t'ayant confié cent brebis et vingt chèvres,
Du matin jusqu'au soir, et tous les jours de l'an,
T'envoya promener ce long troupeau bêlant
Par les ajoncs fleuris où sont tapis les lièvres ;

Car ta plume, ce fut un grand fouet, dont ta main
Cinglait les boucs barbus et les chèvres espiègles
Qui tondaient lestement les orges et les seigles,
Ou les béliers en rut se heurtant en chemin ;

Et tes maîtres, un vieux pâtre apocalyptique,
Qui pour chasser les loups t'enseignait des secrets,
Ou bien le merle noir, vieux rêveur des forêts,
Qui célèbre encor Pan sur sa flûte rustique...

Tu chantais, tu sifflais pourtant, pauvre petit !
Tu prenais aux lacets des perdreaux et des grives,
Et le soir, au souper, tes blanches incisives
Mordaient dans le pain noir d'un joyeux appétit.

C'est qu'une bonne fée, à travers les bruyères,
T'apportant en cadeau quelque rêve vermeil,
Venait te visiter souvent dans ton sommeil,
Et mettait du sourire au coin de tes paupières.

A seize ans, tu montas au grade de garçon
De ferme, et conduisis un superbe attelage
De ces grands bœufs d'Aubrac dont le fauve pelage
A la couleur du chaume au temps de la moisson.

Alors, quoique ton front fût moins haut que leurs cornes,
Tu les accoutumas au joug, à l'aiguillon,
Et ton poignet nerveux poussa dans le sillon
Le vieil araire en bois par la plaine sans bornes...

Et pourtant tes regards cherchaient avec regret
Tes moutons, maintenant aux mains d'un autre pâtre,
Et tout là-bas, au bout de la lande bleuâtre,
— Sombre sur fond d'azur, — la paisible forêt.

Car le bois t'attirait déjà comme il m'attire,
Non point pour y rêver au murmure du vent,
Ni pour entendre — ainsi que je le fais souvent —
Écho fuir en criant l'étreinte d'un satyre,

Mais pour y travailler comme un dur pionnier,
Pour y couper des troncs, pour y tailler des planches,
Pour y faire voler sous ta hache les branches
Qui passent de l'azur au four du charbonnier,

Aussi, lorsqu'à vingt ans sous la toise fatale
Tu passas sans heurter, — quoique tremblant d'effroi,
Et qu'on t'eut dit : « Trop court pour un soldat du roi !
« Un soldat doit offrir plus de prise à la balle !... »

Tu regagnas joyeux ton village et tes bois,
Et, près du vieil étang dont ton aïeul peut-être
Avait battu les eaux pour endormir son maître
En forçant les crapauds à modérer leurs voix,

Tu rebâtis à neuf une antique scierie,
Tu remis une roue au moulin féodal,
Et ta hache d'acier, bourgeoise Durandal,
Sur les troncs retentit encore avec furie.

Tu chantas, et l'amour accourut à ta voix :
Une fille des champs, aussi douce que sage,
Descendit au vallon, et, contre tout usage,
L'alouette des blés aima le pic des bois.

Mais depuis ces beaux jours, hélas! que de jours sombres,
Que de chagrins cuisants, que de labeurs romains!
Que de manches de hache usés entre tes mains!
Que de soupirs éteints par le bois, dans ses ombres!

Que de nuits sans sommeil lorsque les grandes eaux
S'engouffraient au ravin, pendant les mois d'automne!
Elles nous endormaient à leur voix monotone,
Mais tu tremblais pour ton moulin et nos berceaux.

Que de chocs meurtriers, que d'horribles blessures,
Dans cette lutte avec la matière, où souvent
Le bois se révoltait comme un être vivant,
Et rendait à ton corps morsures pour morsures !

Un vieux chêne noueux et dur comme le fer
Repoussait tout à coup, en grinçant, ta cognée,
Qui dans ton pied faisait une large saignée
Et mêlait aux copeaux des morceaux de ta chair.

La scie aux dents d'acier, la meule aux dents de pierre,
Déchiraient tour à tour ton corps endolori,
Sans jamais à ta lèvre arracher un seul cri,
Sans jamais d'une larme amollir ta paupière.

Oui, vingt fois je t'ai vu, stoïque travailleur,
De quelque grand combat corps à corps contre un arbre
Revenir, le front pâle et froid comme le marbre,
Vaincu, saignant, mais fier et narguant la douleur !

Un jour même, — chacun pleurait près de ta couche,
Et nous, tes chers petits, t'appelions, anxieux, —
Tu nous fis tout à coup quelque conte joyeux,
Et le rire soudain revint sur chaque bouche...

Car, tu naquis conteur, comme nos bons aïeux!
Et nul ne t'égalait pour la verve caustique,
Et l'entrain, et le sel, non pas le sel attique,
Mais le vieux sel gaulois, qui peut-être vaut mieux!

Aussi, lorsque Noël ramenait les veillées,
Si, tout en arrosant de vin bleu nos marrons,
Tu faisais un récit émaillé de jurons,
Les rires éclatants s'élevaient par volées.

C'est que, comme un ressort que nul choc n'a brisé,
La nature avait mis en toi sa gaîté franche,
Et tu te redressais toujours, comme la branche
Se redresse au soleil quand l'orage a passé.

L'âge même, sous qui le plus fort tremble et ploie,
A beau blanchir ta tête et te courber les reins,
Il ne peut t'arracher tout à fait tes refrains,
Et, s'il te prend la force, il te laisse la joie.

Et tu vois arriver, sans regrets et sans peur,
— Comme un bon ouvrier ayant fini sa tâche, —
La mort, qui de tes mains fera tomber la hache,
Et de son grand sommeil te paiera ton labeur.

Eh bien! avant le jour — lointain encor, j'espère! —
Où, jetant ta cognée et te croisant les bras,
Les yeux clos à jamais, tu te reposeras
Sous l'herbe haute et drue où repose ton père,

J'ai voulu de mes vers réunir les meilleurs,
Ceux qui gardent l'odeur de tes bruyères roses,
De tes genêts dorés et de tes houx moroses,
Et t'offrir ce bouquet de rimes et de fleurs.

Puis, un soir, je viendrai peut-être, à la veillée,
Te lire ce recueil; et, si mes vers sont bons,
Tu songeras, les yeux fixés sur les charbons,
A ta fière jeunesse en mon livre effeuillée.

Voici ton frais vallon, là, tes coteaux herbeux,
Là, ton ruisseau bavard peuplé de libellules,
Tes ruches où le miel déborde des cellules,
Tes prés où gravement ruminent les grands bœufs,

La basse-cour avec ses coqs aux rouges crêtes,

Et son doux chien de garde au soleil endormi;

Puis, tout au loin, le bois profond, ton vieil ami,

Roupeyrac, dont toi seul sais les chansons secrètes;

Roupeyrac, où les loups grommellent dans leurs forts,

Pendant que les oiseaux chantent dans les feuillages,

Et que les écureuils entassent leurs pillages

De faînes et de glands au creux des arbres morts;

Roupeyrac, qui te vit à dix ans petit pâtre,

Et te voit aujourd'hui, vieux bûcheron cassé,

Regarder longuement, contre un d'eux adossé,

Les arbres que tu n'as pas eu le temps d'abattre;

Puis, ton petit moulin, qui parmi les prés verts

Travaille en bavardant, et doucement marie

Sa voix au grincement strident de la scierie,

Et dont le chant m'apprit à cadencer les vers...

Et, si je vois alors cette larme captive,
Que jamais la douleur n'a pu faire couler,
Au bord de tes cils gris apparaître, trembler,
Glisser entre tes doigts et s'y perdre furtive,

Je dirai que mes vers sont clairs, simples et francs,
Que ma muse au besoin sait être familière,
Puisque, pareil à la servante de Molière,
Toi qui n'étudias jamais, tu me comprends.

Je dirai que c'est là mon destin et ma tâche
De chanter la forêt qui nous a tous nourris,
Et de me souvenir, chaque fois que j'écris,
Que ma plume rustique est fille de ta hache.

LE COQ

C'ÉTAIT bien le vrai coq gaulois,
A l'œil rouge, à la crête altière,
Avec des ergots de trois doigts,
Dont il labourait la poussière,
Et les chairs aussi quelquefois.

Il avait une voix sonore
Aussi puissante qu'un clairon,
Qui remplissait, avant l'aurore,
La ferme, où tout dormait encore,
Depuis le chien jusqu'au patron.

Alors il se levait, superbe,
Lustrait son panache vermeil,
Son cou doré comme une gerbe,
Puis menait ses poules dans l'herbe
Avant le lever du soleil.

Et comme il faisait sentinelle,
Dressé sur ses ergots de fer !
Jamais, quand il battait de l'aile,
Il n'aurait fermé sa prunelle,
Ce descendant de Chanteclair !

Il déjouait toutes les ruses
De maître Renard l'aigrefin,
Et quelquefois, surpris soudain,
Il se battait contre les buses,
Et restait maître du terrain.

Et quels airs de tranche-montagne !
Quels *Te Deum* à son retour !
Jamais, en revenant d'Espagne,

Les paladins de Charlemagne,
N'ont autant corné sur l'Adour.

Aussi, pour payer sa victoire,
Si la fermière à pleine main
Versait le mil en sa mangeoire,
Il trouvait le prix dérisoire,
Et n'en daignait toucher un grain.

Regardant picorer ses femmes,
Il se tenait droit sur le seuil,
Des feux éclataient dans son œil,
Et sur son cou, comme des lames,
Ses plumes se dressaient d'orgueil.

Il déroulait un monologue
Émaillé de plus d'un juron,
Et se récriait, d'un ton rogue,
Si le chat noir ou le gros dogue
Trop près de lui tournaient en rond,

❦

Au demeurant, tendre et fidèle,
— Malgré ses airs de capitan, —
Autant que peut l'être un sultan ;
Aimant ses femmes pêle-mêle,
Surtout jamais ne les battant.

Quand il flairait quelque pillage,
Cambré comme un tambour-major,
Il les menait par le village,
Et, pour se faire ouvrir passage,
De temps en temps sonnait du cor,

Et n'eût-il fait de la poussière
Jaillir qu'un grain de chènevis,
Il rappelait la troupe entière,
Et la poule noire était fière
D'avoir su couver un tel fils !

※

Mais il avait le défaut grave
De ne pas souffrir de rivaux ;
Il s'en allait par les hameaux,
A la fin d'y trouver un brave
A qui l'on pût dire deux mots.

Et, comme à chaque Capitole
S'ouvre un gouffre de Tarpéia,
Notre coq si fort batailla,
Il montra tant de valeur folle,
Que de sa vie il le paya.

Surpris enfin, au fond d'un bouge,

A rosser le coq d'un fermier,

Il laissa sous un froid acier

Ses ergots et sa crête rouge,

Ses éperons et son cimier.

Il revint de cette aventure

Noir de boue et de sang vermeil ;

Il se cacha loin du soleil,

Refusa toute nourriture,

Et ne chanta plus le réveil.

J'entendis Achille, en sa tente,

Qui pleurait d'avoir trop vécu,

Et, pour hâter sa mort trop lente,

Je pressai sur lui la détente

Et foudroyai ce roi vaincu.

Le plomb fit jaillir sa cervelle,
Un cri mourut dans son gosier,
Et je crus voir que sa prunelle,
En se fermant comme son aile,
Clignait pour me remercier.

Toute la ferme fut en fête :
Ce cadavre fut trouvé bon.
Moi, je versai, baissant la tête,
Deux pleurs sur ce coq assez bête
Pour vouloir mourir en Caton !

⸭

« Vous n'avez pas l'âme chrétienne :
« Vaincu, pourquoi vouloir mourir?
« L'existence vaut qu'on y tienne,
« Dit-on; et, quand elle est ancienne,
« La honte ne fait plus souffrir!... »

Soit, j'y consens! baisons la chaîne,
Subissons la rougeur au front,
Vivons, frères, malgré l'affront!...
La lutte est loin d'être prochaine,
Et nos ergots repousseront!

En attendant, toi, je t'honore,
O coq, emblème des aïeux!
Toi qui, comme un clairon sonore,
A la terre annonçais l'aurore,
Ainsi que l'alouette aux cieux.

C'est comme toi que nos ancêtres,
Par le sort trahis autrefois,
Plutôt que de subir des maîtres,
Sous l'ombrage profond des hêtres,
S'en allaient mourir dans les bois,

LES OISILLONS

Tu l'as cueilli trop tôt dans le rosier sauvage,
Ce nid qu'un imprudent jardinier te montra,
Jeune fille! et voilà des pleurs sur ton visage,
Parce que ta couvée avant ce soir mourra.

Vois-tu, sur tes genoux, chaque fois que tu bouges,
Se soulever ces fronts aveugles et rasés,
Et s'ouvrir en criant toutes ces gorges rouges,
Où tu ne peux, hélas! mettre que des baisers?

Ils ont froid, ils ont faim; leur pauvre nid de mousse
Comme un vieux vêtement se déchire et s'en va,
Et ton haleine, encor qu'elle soit chaude et douce,
Ne saurait remplacer l'aile qui les couva,

Ils mourront... Et là-bas, sur sa branche déserte,
Leur mère en gémissant gardera jusqu'au soir,
Frétillante à son bec, quelque chenille verte
Pour ses chers oisillons, qu'elle espère revoir...

Va! cours lui rapporter sa frileuse famille;
Replace bien le nid au milieu du rosier.
Demain, à ton réveil, au sein de la charmille,
Leur père chantera pour te remercier.

Va vite! Et puisses-tu, lorsque tu seras mère,
Ne voir jamais tes fils ayant froid, ayant faim,
Et ne connaître point alors l'angoisse amère
De voir ton feu s'éteindre et se tarir ton sein!

LE MARIAGE DES OISEAUX

Plus bas que les genêts, plus bas que les labours,
   Au bord des prés brillants de leurs rigoles pleines,
Dans les bois inclinés où les premiers beaux jours
Font gonfler les bourgeons des hêtres et des frênes,
Les oiseaux assemblés célèbrent leurs amours.

Ils jasent au soleil, ils s'échauffent, ils crient;
D'effrontés libertins pourchassent hardiment
Leur femelle qui fuit, et les autres en rient.
Et le berger rêveur se dit naïvement :
« Tiens, c'est le *vingt-deux mars*, les oiseaux se marient. »

Tout habillé de noir, avec lunettes d'or,

Le merle à son amour débite une ballade ;

Mais la grive le raille et trouve qu'il l'endort,

Tandis que le pivert, habile à l'escalade,

Grimpe après sa moitié le long d'un arbre mort.

Dans les houx, roitelets, rouges-gorges, mésanges,

Les petits, les joyeux, tous les francs polissons,

En vrais saint-simoniens se groupent par phalanges,

Et, mettant en commun épouses et chansons,

Souvent font à la fin de risibles échanges.

Et comme tous ces gueux, dans leurs libres amours,

Raillent jars et dindons, — pauvres oiseaux classiques,

Qui, pour se marier au fond des basses-cours,

Ont besoin de signer des actes authentiques

Et de jurer cent fois qu'ils s'aimeront toujours !

Un moineau, là-dessus, conte à qui veut l'entendre
Mille faits scandaleux dont il sait le détail,
Entre autres comme quoi certaine oie un peu tendre,
Ayant un jour franchi par hasard le portail,
Au logis conjugal s'est longtemps fait attendre...

Entendez-vous ces cris, là-haut? Ce sont les geais :
Des manants enrichis, à livrée éclatante,
Mais qui jurent toujours comme des portefaix,
Et qui, trouvant la dot par trop insuffisante,
Se battent pour savoir qui soldera les frais.

Un vieux geai va criant : « On me vole! on m'assomme!
O gendres scélérats! ô filles sans respect! »
Mais la cohue en chœur : « Il est fou, le bonhomme!
— Goinfre! tu t'es gorgé de faîne jusqu'au bec!
— Allons! garde ta fille, ou compte-nous la somme! »

Le gros-bec intervient, le calme reparaît,
Et le beau-père a seul la tête un peu meurtrie.
Soudain on s'aperçoit que la pie en secret
S'est enfuie, emportant toute l'argenterie,
Et l'on crie : « Au voleur! » à travers la forêt.

Pendant ce temps, j'ai vu Raoul et Valentine,
— Deux bouvreuils amoureux, — doucement s'esquiver :
Le mâle porte un cœur de feu sur la poitrine ;
Valentine à sa voix me paraissait rêver...
O les duos d'amour, là-bas, sous l'aubépine !

Un pauvre roitelet pleure seul, au ravin ;
Il a déjà perdu sa jeune roitelette,
Qui, trouvant qu'un gros nid de mousse est bien malsain
Et que les roitelets aiment peu la toilette,
A grimpé lestement chez le pinson voisin.

Pendant que tout cela chante, piaille et fourmille,
Le maigre chat-huant, sur le bord de son trou,
Se plaint amèrement, hélas! que l'on gaspille,
Ajoutant que, pour lui, faute d'avoir le sou,
Il attend l'an prochain pour marier sa fille;

Et, braquant ses regards striés de filets d'or
Sur l'horizon lointain que le couchant embrase,
Ivre comme Grandet contemplant son trésor,
Ou comme un alchimiste incliné sur son vase,
Les yeux sur le soleil, lentement il s'endort.

En rêve il voit passer, voguant à pleines voiles,
Des nuages qu'il prend pour de lourds galions;
Et, comme l'araignée aux mouches tend ses toiles,
L'oiseau, de ses gros yeux absorbant les rayons,
Vole l'or au soleil et l'argent aux étoiles.

La nuit tombe, et le vent qui fait verdir les prés,
Le vent de germinal, amoureux des pervenches,
Soupire mollement à travers les fourrés,
Et, pour les endormir deux à deux sur les branches,
Berce tous ces nouveaux époux énamourés.

Le ver luisant s'allume, et les rainettes crient;
Et le berger rêveur, qui pousse lentement
Son troupeau vers la ferme où les vitres sourient,
Traverse la forêt avec recueillement :
Car, c'est le *vingt-deux mars…* les oiseaux se marient.

LA CHATTE NOIRE

Dans le moulin de Roupeyrac,
Se tient assise sur son sac
Une chatte couleur d'ébène;
Il est bien certain qu'elle dort :
Ses yeux ne sont que deux fils d'or,
Et ses griffes sont dans leur gaine.

Pourtant ne vous y fiez pas,
Et trottinez un peu plus bas,
Rats qui courez par les trémies,
Si vous ne voulez tout à coup
Sentir entrer dans votre cou
Toutes ces griffes endormies.

Gardez-vous de donner l'assaut
Au grain qui dort dans le boisseau !
Car, si la Noire se réveille,
Demain, en sacrant, le meunier
Trouvera rouge, au farinier,
Sa farine blanche la veille.

Soyez discrets, soyez prudents !
N'allez pas aiguiser vos dents
Sur le sac où dort l'assassine :
Car elle bondirait soudain,
Et vous lui crieriez bien en vain :
« Cousine ! cousine ! oh ! cousine !... »

Près du moulin, dans le verger,
Au soleil on voit s'allonger
Une chatte couleur d'ébène ;

Il est bien certain qu'elle dort :
Ses yeux ne sont que deux fils d'or,
Et ses griffes sont dans leur gaine.

Pourtant ne vous y fiez pas,
Et voletez un peu moins bas,
Moineaux, pillards de chènevière !
En s'éveillant, elle pourrait,
Pour se dégourdir le jarret,
Vous faire mordre la poussière.

Chardonnerets au beau pourpoint,
Dans ce verger ne nichez point
O roitelet, ô rouge-gorge,
Pinson, hôte du vieux poirier,
Écoutez donc !... j'entends crier
Des oisillons que l'on égorge...

C'est bien la chatte noire, hélas !
Elle rôdait par les lilas,

Ainsi qu'un tigre dans les jungles ;
Et, flairant quelque fin souper,
Jusqu'au nid elle a dû grimper.
Gare à ses dents ! gare à ses ongles !

❦

Sous le moulin, dans le ruisseau,
Se tient assise au bord de l'eau
Une chatte couleur d'ébène ;
Il est bien certain qu'elle dort :
Ses yeux ne sont que deux fils d'or,
Et ses griffes sont dans leur gaine.

Pourtant ne vous y fiez pas,
Et gardez-vous, dans vos ébats,
De trop approcher de la rive,
Goujons dorés et bleus barbeaux,
Si vous ne voulez, dans le dos,
Sentir une griffe furtive !

Certe, elle n'aime pas le bain,
La chatte noire! mais enfin,
Pour y harponner une truite,
Elle se risque quelquefois
A se mouiller un peu les doigts,
Comme le diable en l'eau bénite.

Et puis, son nez rose paraît
Plus rose encore, et l'on dirait
Une bouche de jeune fille,
Lorsque d'un beau poisson tremblant
Qu'elle dévore en grommelant,
La queue à sa lèvre frétille.

※

A Roupeyrac, dans le bois noir,
On voit souvent glisser le soir,
Une chatte couleur d'ébène;

Elle passe, ouvrant ses yeux d'or,
Aussi discrète que la mort,
Aussi farouche, aussi soudaine.

En face du chasseur transi,
Elle vient à l'affût aussi.
Dans l'herbe où sa robe se mouille,
Elle fait face au braconnier,
Et bien souvent c'est ce dernier
Qui de la forêt sort bredouille.

Ainsi, garde à vous, lapereaux
A peine aussi rusés que gros!
La Chatte noire a sur la paille
Des nourrissons, vrais chenapans,
Qui pourraient bien à vos dépens
Demain matin faire ripaille;

Puis, pour leurs jeux extravagants,
Dans votre peau tailler des gants,

Ou traîner leur immense proie
Tout un jour par le corridor :
Tel Achille traînant Hector
Autour des murailles de Troie !

⁂

Il est minuit, la ferme dort.
Seule ouvrant ses deux grands yeux d'or,
Près du foyer la Chatte veille,
Et songe, en passant proprement
Sa patte alternativement
Derrière l'une et l'autre oreille.

Parfois elle s'arrête un peu
Pour regarder du chêne en feu
S'enfuir des groupes d'étincelles,
Ou pour écouter la chanson
Du gaz qui filtre du tison,
Et qu'elle prend pour un bruit d'ailes.

D'ailleurs, Milord, le chien d'arrêt,

Qui rêve aussi de la forêt,

Glapit à l'autre coin de l'âtre ;

Et la Chatte, l'air anxieux,

Ne ferme qu'à moitié les yeux,

Et se tient prête à le combattre.

Mais voilà que ses nourrissons

Accourent .. Des doigts polissons

Peignent sa queue électrisée.

Elle avertit les imprudents,

Puis gronde, puis montre les dents,

Puis rugit en mère offensée ;

Enfin, après un vif juron,

Elle leur distribue en rond

Quatre ou cinq gifles maternelles ;

Et, le silence étant complet,

Leur tend ses flancs chargés de lait,

En refermant ses deux prunelles.

UN NID DE MERLES

Sur les grands bois l'ondée a déposé ses perles.
Le vent du soir se lève et caresse en amant
Les bouleaux éplorés, qui laissent doucement
S'égrener leur écrin dans le gosier des merles...

Le merle essaye un air qu'il chantera demain
Tandis que, près de là, rêveuse, sa femelle
Sent vaguement grouiller le joyeux pêle-mêle
Des oisillons repus que réchauffe son sein.

Le silence et la nuit lentement s'épaississent ;
Le trait de minium qui rayait l'horizon

S'efface, et l'on entend s'élever du gazon
L'hymne des tout petits qui, pour prier, bruissent.

Soudain, un vif éclair a traversé la nuit :
Un coup de feu s'entend dont la forêt tressaille ;
Puis, un homme sinistre, écartant la broussaille,
Son fusil sous le bras, à la hâte s'enfuit...

Qu'as-tu fait, malheureux ! et quelle est ta victime ?
O misère ! un poëte, un chanteur, un oiseau,
Un père qui veillait auprès de son berceau,
Tout en disant au ciel sa prière sublime !...

L'homme sera toujours Caïn le meurtrier !
O Nature ! tes fils du bois et de la plaine
Boivent en paix la vie à ta mamelle pleine ;
L'homme seul mord ton sein, mère, et te fait crier !

LES MOINEAUX

A M. Jean Aicard

LA neige tombe par les rues,
Et les moineaux, au bord du toit,
Pleurent les graines disparues.
« J'ai faim ! » dit l'un ; l'autre : « J'ai froid ! »

« Là-bas, dans la cour du collège,
Frères, allons glaner le pain
Que toujours jette, — ô sacrilège ! —
Quelque écolier qui n'a plus faim. »

A cet avis, la bande entière
S'égrène en poussant de grands cris,
Et s'en vient garnir la gouttière
Du vieux collège aux pignons gris.

C'est l'heure vague où, dans l'étude,
Près du poêle au lourd ronflement,
Les écoliers, de lassitude,
S'endorment sur le rudiment.

Un·seul, auprès de la fenêtre,
— Petit rêveur au fin museau, —
Se plaint que le sort l'ait fait naître
Écolier, et non pas oiseau.

Le coude posé sur le livre,
Il suit son rêve vaporeux,
Et voit les moineaux sous le givre,
En se disant : « Sont-ils heureux ! »

Il ne sent point qu'il est atroce
De fouler pieds nus le grésil,
De redouter le chat féroce,
Et le lacet, et le fusil ;

De voir geler la chènevière,
Et d'attendre que le fermier
Mène ses bœufs à la rivière
Pour gratter un peu de fumier ;

Puis, le soir, la faim aux entrailles,
De n'avoir que le vieux clocher
Ou quelque trou dans les murailles
Du noir couvent pour se nicher ;

Avec les cauchemars sans nombre
Que la faim procure, la nuit,
Et le hibou, — milan de l'ombre, —
Dont l'aile ne fait point de bruit...

Non : il ne voit, l'écolier blême,
Que des ailes et l'horizon :
Pour le captif, tout le problème
Est de sortir de sa prison.

Il ne voit que vertes feuillées,
Que chanvres mûrs, que seigles d'or,
Qu'interminables gazouillées
Par les doux soirs de fructidor.

La misère? — Mais il la brave.
L'hiver? — Il déteste l'été.
Les ennemis? — Il est très brave :
Du pain noir et la liberté!...

✺

Pauvre oiselet triste et sauvage,
Console-toi, tu voleras,
Et le collège est une cage
D'où quelque jour tu t'enfuiras.

Tu sens que l'espace t'appelle,
Et tu détestes les barreaux?
Vois les moineaux ouvrir leur aile :
Enfant, fais comme les moineaux...

Non pas! fais mieux! sois l'alouette,
Qui ne chante que dans l'azur,
Car en toi s'agite un poëte,
O rêveur altéré d'air pur!

Va! tu trouveras sur ta voie
Et la faim, et les noirs hivers,
Et bien des critiques de proie
Embusqués pour tuer tes vers.

Tu trouveras des cœurs de glace
Qui, souriant de ton beau feu,
A table pour te faire place
Ne se pousseront pas un peu.

Car elle existe encor, la race
Des Philistins, durs et méchants
Plus que les ours qu'Orphée, en Thrace,
Apprivoisait avec des chants.

Mais qu'importe à l'oiseau qui plane,
Qu'importe au poète enivré
Les longues oreilles que l'âne
Secoue en broutant dans le pré?

Que leur font la laide grimace
Des Midas à l'épais dédain,
Et les baves dont la limace
Souille les choux de son jardin?

Il leur suffit qu'une seule âme
Soit à l'unisson de la leur;
Que l'un ait le sein d'une femme,
Et l'autre un nid sous une fleur,

Et qu'ils puissent, quand leur voix vibre
Dans l'azur des grands horizons,
Donner pour refrain le mot : Libre !
A chacune de leurs chansons.

NOTRE NID

SONNET

A Madeleine F.

Un jardin tout planté de poiriers en plein vent,
Auxquels depuis trente ans le pinson est fidèle,
Une blanche maison où revient l'hirondelle,
Voilà le nid heureux que je rêve souvent.

Un bouquet de sureaux au parfum énervant
Par les midis en feu servirait de tonnelle ;
J'aurais un banc très court pour être plus près d'Elle,
Et mieux sentir son doux regard noir me couvant.

  Notre Nid

Puis, des murs tapissés de ronces et de treilles,
Des carrés tout remplis de fèves et de pois,
Dont les fleurs à ta joue, ô chère! sont pareilles,

Là, nous apporterions un livre quelquefois,
Je lirais mon Virgile au bruit de nos abeilles,
Et tu t'endormirais doucement à ma voix.

LE HIBOU

Du sein des châtaigniers qui couvrent la colline
Et que dore au couchant le soleil qui décline,
— Dans le calme d'un soir tranquille et souriant, —
S'élève comme un bruit de volière affolée ;
Cris, jurons et sifflets : une cohue ailée
De mille oiseaux moqueurs traquant un chat-huant.

Approchons. Voyez-vous là-haut, sur cette branche,
Ce gros oiseau dont le plumage à peine tranche
Sur l'écorce de son perchoir? C'est le hibou,
L'oiseau des sombres nuits et des cavernes sombres,
— Morne rôdeur des soirs, chassant au sein des ombres
Les oiseaux du soleil, qu'il mange dans son trou.

Il tourne lentement ses yeux ronds et stupides,

Et tâche de parer, — en vain, — les coups rapides

De ses gais assaillants, vingt fois moins gros que lui :

Mais le soleil combat pour la troupe joyeuse,

Et le grand duc regrette, hélas ! le tronc d'yeuse

Où l'œil éblouissant du jour n'a jamais lui.

L'essaim des agresseurs autour de lui bourdonne ;

Chacun veut arracher sa plume, chacun donne

Son coup de langue et son coup de bec à la fois.

« Brigand ! » dit le pinson ; « Voleur ! » dit l'alouette.

« Rends-moi mes fils ! — Rends-moi mes œufs, que ta chouett

A mangés ce matin pour s'éclaircir la voix !

— Vieux sorcier ! dit le geai, lui tirant une penne,

Qu'as-tu donc à gémir ainsi qu'une âme en peine,

Lorsque nous dormons tous, à travers la forêt ?

— Sur mon nid, je le sais, tu jetas un augure ;

Mais je t'arracherai les yeux de la figure

Et les cornes du front, foi de chardonneret !

—Qu'il est laid ! qu'il est sot ! ajoute un rouge-gorge.

Il miaule. — Il pue. — On m'a raconté qu'il égorge

Des rats et des crapauds pour nourrir ses hiboux.

—C'est un vil croque-mort qui mange aux cimetières !

— Un tartufe, qui court, le soir, sur les gouttières,

Après la chatte en rut, qui le croit son époux !... »

Et la troupe folâtre, évitant bec et serre,

S'élance, fuit, revient, s'écarte, se resserre,

Et tourbillonne autour du gros duc ahuri.

O gai charivari, qu'eût peint Aristophane !

Où l'on crie, où l'on frappe, où l'on siffle et ricane,

Où le bon sens met la sottise au pilori !

Mais le soleil déjà, désertant les vallées,

Dore à peine le haut des monts et des feuillées ;

Et le hibou, qui sent que la lumière fuit

Et que ses ennemis s'en iront avec elle,

S'agite sur sa branche, et sent frémir son aile,

Et piaule, en invoquant le silence et la nuit.

L'ombre accourt. Les vainqueurs se dispersent par bandes

Et regagnent les bois, les genêts et les landes.

Soudain le chat-huant pousse son cri : « Hou-hou !

Hou-hou-hou !... » — La forêt tout entière tressaille...

Cachez-vous bien, petits oiseaux, sous la broussaille,

Car maintenant c'est la revanche du hibou...

Il saute gauchement de sa branche et se glisse

Dans la forêt, parmi les hêtres au tronc lisse,

Promenant avec soin sous les rameaux penchés

Sa grosse tête, ainsi qu'une lanterne sourde ;

Et son aile, discrète, encor qu'elle soit lourde,

Surprend dans leur sommeil les oisillons couchés.

Malheur à toi qui dors la tête sous ton aile,

Pauvre pinson ! Déjà de sa double prunelle

Il t'enveloppe. — Et toi qui caches dans ton sein
Tes petits endormis, et qui, toute pensive,
Rêves qu'ils voleront bientôt, ô pauvre grive !
Vois-tu ces yeux de feu ? Malheur ! c'est l'assassin !

Malheur à toi, bouvreuil, qui sifflas la chouette !
A toi, merle des bois, satirique poète !
A toi, beau loriot, vêtu d'un manteau d'or !
A toi qui, le matin, t'éveillant la première,
Vive alouette, au ciel montes dans la lumière,
Et troubles dans son creux le chat-huant qui dort !

« Ah ! vous êtes joyeux, vous êtes beaux, vous êtes
Amoureux ? Pour vous seuls la nature et ses fêtes ?
Pour vous la forêt verte et le printemps vermeil ?
Dit-il ; pour vous les monts, la vallée et la plaine ?
Vous pouvez dans l'azur monter sans perdre haleine ;
Vous pouvez sans loucher regarder le soleil ?

Eh bien ! je vous envie, et sur vous je me venge,
Moi qui vis dans la nuit, dans l'ordure et la fange,

Moi qui miaule toujours et n'ai pas d'autre chant,
Moi qui crains le soleil et l'espace sans bornes,
Moi qui mange des rats et qui porte des cornes,
Moi qui suis laid et sot, ridicule et méchant...»

Et son ongle au hasard cueille sous la feuillée
Les nourrissons, la mère en sursaut réveillée,
Des chanteurs, des époux, des frères, des amants ;
Et, tout en poursuivant cette moisson nocturne,
Par intervalle, il jette un appel taciturne,
Ou fait trembler les bois de longs ricanements.

⚜

Mais quoi ! l'aube déjà blanchit les hautes cimes ?
L'Angélus sonne ?... Allons, brigand souillé de crimes,
Rentre dans ta caverne et tire le verrou !
On pourra bien toujours suivre, sur les verdures,
Aux taches de sang frais aussi bien qu'aux ordures,
La piste que tu suis en regagnant ton trou !..

Et dire qu'autrefois on prôna ta sagesse ;
Que Phidias, sculptant Athéné la déesse,
Posa ton ongle noir sur son casque doré !
Qu'on te crut un savant, un philosophe austère,
Un mage étudiant le ciel plus que la terre,
Et lisant l'avenir dans ce livre sacré !

Toi l'oiseau de Minerve, étrangleur bête et lâche,
Qui, pour mieux tout plonger dans l'ombre qui te cache,
Souillerais le soleil s'il n'était pas si haut ?
Toi la science, toi la sagesse ? Imbécile !
Tu n'es bon qu'à clouer au chapeau de Bazile,
Ou bien en cul-de-lampe au journal des V......

LA FAUVETTE

A M. le colonel Pittié

Son instrument pendant à ses épaules,
Un tout petit joueur d'accordéon,
— Las de quêter de trop rares oboles, —
Le long de l'eau s'en allait, sous les saules,
Par un sentier large comme un sillon.

L'herbe montait plus haut que sa ceinture,
Et, sous ses pas ployant, se relevant,
Autour de lui faisait un frais murmure;
Et le soleil, à travers la ramure,
Criblait le front du Bohémien rêvant...

L'enfant s'assied enfin près de la rive,

Sous un vieux tronc par les flots dévoré,

Laissant ses pieds clapoter dans l'eau vive,

Et son esprit vaguer à la dérive

De l'onde bleue à l'horizon doré.

Et tout à coup, frétillante et coquette,

En robe grise et frais chaperon noir,

Sur une branche, au-dessus de la tête

Du vagabond, une alerte fauvette

A plein gosier dit sa chanson du soir.

Du Bohémien le clair regard pétille

Et sur l'oiseau se braque éperdument.

L'oiseau poursuit, met roulade sur trille,

Gonfle son cou, s'échauffe, s'égosille...

Le vagabond saisit son instrument!

Il croit pouvoir, le brun fils de Bohême,

Chanter aussi cette douce chanson;

Et, lentement, plein d'une angoisse extrême,
Le cou tendu vers l'artiste suprême,
Sur son clavier il cherche l'unisson.

Mais il n'en sort qu'une note fêlée
Qui fait s'enfuir au loin l'oiseau moqueur.
L'enfant, pleurant sa chimère envolée,
Revint confus, l'âme d'ombre voilée :
Son instrument avait trahi son cœur...

Nous avons tous, hélas ! notre fauvette,
Qui sur nos fronts gazouille, en floréal ;
Si nous chantons, — amoureux ou poète, —
Elle s'enfuit, ou redevient muette,
— Femme pour l'un, et pour l'autre Idéal.

MA LIBELLULE

En te voyant, toute mignonne,
— Blanche dans ta robe d'azur, —
Je pensais à quelque madone
Drapée en un pan de ciel pur;

Je songeais à ces belles saintes
Que l'on voyait, au temps jadis,
Sourire sur les vitres peintes,
Montrant du doigt le paradis;

Et j'aurais voulu, loin du monde
Qui passait frivole entre nous,

Dans quelque retraite profonde,
T'adorer seul à deux genoux...

⚮

Soudain, un caprice bizarre
Change la scène et le décor,
Et mon esprit au loin s'égare
Sur de grands prés d'azur et d'or,

Où, près de ruisseaux minuscules,
Gazouillants comme des oiseaux,
Se poursuivent les libellules,
.Ces fleurs vivantes des roseaux.

Enfant, n'es-tu pas l'une d'elles,
Qui me suit pour me consoler?
Vainement tu caches tes ailes :
Tu marches, mais tu sais voler.

Petite fée au bleu corsage,

Que je connus dès mon berceau,

En revoyant ton doux visage,

Je pense aux joncs de mon ruisseau !

Veux-tu qu'en amoureux fidèles

Nous revenions dans ces prés verts ?

Libellule, reprends tes ailes,

Moi, je brûlerai tous mes vers.

Et nous irons, sous la lumière

D'un ciel plus frais et plus léger,

Chacun dans sa forme première,

Moi courir, et toi voltiger.

LA MORT DU GEAI

Perché dans la cime d'un hêtre,
Il jasait au soleil couchant;
Et je comprenais que son chant
Disait : « Comme on est heureux d'être!

« L'hiver, il est vrai, n'est pas loin;
« Mais l'automne mûrit les faînes,
« Et je cueille aux branches des chênes
« Tous les glands dont j'aurai besoin.

« Et puis, la baugue s'entre-bâille

« Et laisse voir les beaux marrons

« Que quelque jour nous croquerons

« Dans une joyeuse ripaille !

« Je sais aux pâles noisetiers

« Dérober les noisettes mûres,

« Et m'enivrer du suc des mûres

« Qui parfument tous nos sentiers.

« Je suis fort, quoique jeune encore ;

« Mon bec est dur comme le fer,

« Et je nargue le vent d'hiver,

« Sous mon plumage tricolore.

« Enfin, je suis très amoureux,

« Et j'ai, dans la bande voisine,

« Conquis le cœur d'une cousine :

« Quel geai fut jamais plus heureux ?

« Oui, vive Dieu! la vie est bonne! »
Criait-il, en se hérissant,
Et son gosier retentissant
Avait des éclats de trombone.

❀

Or, dans le temps qu'à pleine voix
Le geai chante l'épithalame,
Un braconnier à l'œil de flamme
Contre lui s'avance sous bois.

Fuis, pauvre geai! la mort te guette;
Dans l'épaisseur du bois voisin,
Ton frère crie : « A l'assassin! »
N'entends-tu pas l'appel qu'il jette?

Mais l'homme, à l'abri des buissons,
A pas de loup toujours chemine;

Puis, il arme sa carabine ..
Et le geai poursuit ses chansons.

Le fusil lentement se dresse,
Le braconnier vise... et toujours
Le beau geai chante les beaux jours
Et les yeux bleus de sa maîtresse...

Soudain jaillit un rouge éclair :
La poudre gronde et l'arbre fume,
Et, comme une boule de plume,
Le pauvre geai saute dans l'air.

Le plomb a fracassé son aile ;
Il crie, il se traîne sanglant.
« Morbleu ! » dit l'homme en l'étranglant,
« Il est maigre comme une échelle ! »

Ainsi tu mourus, pauvre geai !
Mais ta douloureuse agonie
Ne demeura pas impunie,
Et mes remords t'ont bien vengé.

Car, ce chasseur, c'était moi-même...
Je te frappai par trahison,
Et fis de ta belle chanson
Un épouvantable blasphème.

Fatigué du gibier bourgeois,
— Cailles, perdreaux, peuple imbécile
Dont le massacre est trop facile, —
J'avais fui les champs pour les bois,

Sachant que les bois ont pour hôtes
Des oiseaux aux vives couleurs,
— Braconniers aussi, batailleurs
Retranchés sur les branches hautes, —

Et qui, pareils dans leurs sommets
Aux seigneurs dans leurs citadelles,
Disent : « La poudre n'a pas d'ailes,
Et ne nous atteindra jamais ! »

Or, je m'étais mis dans la tête,
Ce jour-là, d'aller, en rampant
Par les halliers comme un serpent,
En renverser un de son faîte,

Et de rapporter galamment,
Pour orner le front de ma dame,
Ces plumes d'azur et de flamme
Dont le geai fait son vêtement.

Mais quand j'eus frappé d'un plomb lâche
Ce geai qui chantait au soleil,
Quand à mes pieds son sang vermeil
Sur la mousse verte fit tache ;

Quand je vis le pauvre meurtri,
Tombé de son hêtre superbe,
En râlant se traîner dans l'herbe,
Surtout quand j'entendis son cri,

J'eus beau serrer ma main rageuse
Sur le cou de l'oiseau blessé,
Son juron m'avait traversé,
Et je rentrai l'âme songeuse...

❀

Ah! ce cri navrant, éperdu,
Ce cri de désespoir suprême,
Que de fois, comme un anathème,
Dans mon âme l'ai-je entendu!

C'était ton cri dans la déroute,
O pauvre soldat aux abois,

Quand l'Allemand, tapi sous bois,
Te couchait sanglant sur la route ;

Lorsque, voyant s'enfuir là-bas
Tes compagnons dans la fumée,
Vers ta mère et ta bien-aimée
Tu criais en tendant les bras,

Et que, derrière une muraille,
Loin du drapeau du régiment,
Tu rendais l'âme en blasphémant
Dans le fracas de la mitraille !...

Combien de ces gais compagnons,
Entre Reichshoffen et la Loire,
Se sont perdus, sans que la gloire
Ait daigné ramasser leurs noms !

Sans qu'à leur agonie amère
Nul être humain ait assisté,

Sans que le cri qu'ils ont jeté
Soit parvenu jusqu'à leur mère !

Sans qu'ils aient eu d'autre linceul
Que la neige, et d'autre veilleuse
Que la lune silencieuse,
Morne flambeau de qui meurt seul !

Sans qu'au moins, parmi leur délire,
Ils aient vu, ces pauvres enfants,
Leurs drapeaux passer triomphants,
Et la victoire leur sourire !

Ils sont morts ayant devant eux,
Avec les spectres de la tombe,
L'image du pays qui tombe
Et la défaite au front honteux ;

Tandis qu'au loin, dans les ténèbres,
Ainsi que des ricanements,

Les *Te Deum* des Allemands
Leur servaient de marches funèbres !...

❀

Voilà donc à quoi je songeai
Quand je revins par la clairière,
Avec mon arme meurtrière
Et le corps de ce pauvre geai.

On me dira qu'il est étrange,
A propos d'un oiseau blessé,
D'évoquer ce hideux passé
Tout pétri de sang et de fange ;

On dira que je prends plaisir
A parler de la flétrissure,
A retourner dans la blessure
Le vers cuisant du souvenir ?

Eh bien! oui, je parle de honte,
Et cherche à rajeunir l'affront,
Afin de voir si jusqu'au front
La rougeur d'autrefois nous monte!

Puissé-je, en vous faisant souffrir
Au souvenir de notre Alsace,
Empêcher qu'en vous ne s'efface
L'espoir de la reconquérir!

Puissé-je raviver la haine
Que chacun de nous porte au sein,
Et de mon vers faire un tocsin
Sonnant la revanche prochaine!

Puissé-je, à force de remords,
Rendre fécondes nos défaites,
En troublant quelquefois vos fêtes
Du souvenir des soldats morts!

L'HIRONDELLE DE LA BASTILLE

SONNET

Près des créneaux de la Bastille,
Sous la corniche de granit,
Une hirondelle a fait son nid,
Rond comme un sein de jeune fille.

Un matin, le faubourg fourmille
D'un peuple que la rage unit,
Et, — mouchetant le mur bruni, —
La grêle des balles pétille.

Camille est là, Hullin, Danton...
« A bas la Bastille ! » dit-on.
Et ce peuple tressaille et vibre !...

Le pont-levis roule au fossé,
Victoire ! Enfin la France est libre !...
— Mais le nid ? — Le nid est brisé !

LA CHANSON DES CRAPAUDS

En juillet, — quand la nuit enveloppe la berge
Des chemins creux par où reviennent les troupeaux
Et que la lune au loin du sein des bois émerge, —
    On entend chanter les crapauds ;

Non point de cette voix enrouée et colère
Dont ils font, au printemps, retentir les fossés,
Mais d'une voix d'argent, mélancolique et claire :
    Comme un bruit d'écus entassés.

« Touc-touc, touc-touc, touc-touc, » chantent-ils sur deux notes
Que l'on peut aisément traduire par *sol mi;*
Et le buisson voisin, tout chargé de linottes,
    Crépite et s'éveille à demi,

Tandis que les grillons, fils de la terre brune,
Grisés par les foins mûrs au capiteux encens,
Écoutent ce concert dont le lustre est la lune
 Et les lampions les vers luisants.

Aux moissonneurs courbés qui rentrent au village,
— Leur faucille pendue au cou, l'air plein d'ennui, —
Aux gros bœufs dont les taons font frémir le pelage,
 Les crapauds disent : « Bonne nuit ! »

Aux faneurs moins lassés qui montent des prairies
Et de leurs gais propos remplissent le chemin,
Les crapauds, enfoncés dans les mottes fleuries,
 Disent : « A demain ! à demain ! »

Au faucheur libertin qui serre le corsage
D'une faneuse, et lui vole quelques baisers,
Le plus vieux des crapauds, — et partant le plus sage,
 Murmure : « Assez ! assez ! assez ! »

Mais un pas lourd s’entend… le maître se retire.

Quelle riche moisson ! à ses yeux éblouis

Tout brille, et les crapauds en chœur semblent lui dire :

  « Que de louis ! que de louis ! »

Puis, tout s’endort : le ver luisant parmi la ronce,

Le grillon dans son trou, l’oiseau sur son buisson ;

A peine si l’étang solitaire se fronce

  Sous le saut furtif d’un poisson.

Et l’on n’entend plus rien que la source qui pleure,

Et les crapauds qui, pour bercer notre sommeil,

Chanteront leur chanson discrète jusqu’à l’heure

  Où les coqs sonneront l’éveil.

L'ABEILLE

A Madeleine F.

Parfois il arrive à l'abeille
De rentrer aux ruches, le soir,
Lasse et rompue, et sans avoir
Pu remplir de miel sa corbeille.

C'est qu'aussi les jours sont brûlants,
Que les nuits n'ont plus de rosée,
Que, dans chaque fleur épuisée,
Grondent des frelons turbulents.

Lors, profitant du peu qui reste
De ce long jour à son déclin,

Elle cueille un peu de pollen
Au sein de quelque fleur agreste.

C'est une cire sans valeur,
Et non du miel, qu'elle rapporte ;
Elle le sait bien, mais qu'importe ?
La faute en est à la chaleur.

❦

Comme l'abeille harassée,
Je ne t'apporte bien souvent
Que des fleurs écloses au vent
Qui me dessèche la pensée.

Encore ai-je dû, pour pouvoir
Tresser cette maigre guirlande,
En courant à travers la lande,
Songer que j'allais te revoir,

Et que, pour délasser l'abeille,
Qui tout le jour vient de courir,
A mon baiser allait s'offrir
La fleur de ta bouche vermeille.

LA BALLADE DES GRILLONS

En hiver, dans un coin de l'âtre
Que la flamme au reflet bleuâtre
N'atteint pas de ses tourbillons,
— Loin des landes et des prairies, —
Pour nous conter leurs rêveries,
Accourent les petits grillons.

Ils nous disent : « La plaine est blanche,
Le givre étincelle à la branche,
Le hibou gémit dans les bois,
Et le cavalier sent en croupe
— Ainsi qu'un cauchemar — la troupe
Des loups aux sinistres abois.

Sur les flancs des gorges étroites,
— Hérissés, les oreilles droites, —
Ils vont, faméliques, fiévreux ;
Et si l'un deux, soudain s'affaisse,
La bande en hurlant le dépèce,
Car les loups se mangent entre eux !

Tandis que, là-bas, dans les fermes,
— Protégés de portails bien fermes
Et de chiens hérissés de clous, —
Les moutons saintement stupides
Font des rêves chauds et limpides,
Et se gaussent des pauvres loups !

✠

Pleins de ruses et de mystères,
Les renards, autres prolétaires
Que la misère a faits fripons,

— Maigres, à travers les broussailles, —
Chassent des souvenirs de cailles
Et des fantômes de chapons ;

Tandis qu'enfermés dans leurs cages,
— Bien chauds, bien repus et bien sages, —
Les descendants de Chanteclair,
Près des Pintes et des Copées [1],
Raillent les dures équipées
De Renard qui couche au bel air.

❧

Le piéton qu'éblouit la neige,
Sous le lourd sommeil qui l'assiège,
Se sent par l'angoisse envahir,
Et dans le chemin solitaire,
Il plante son bâton en terre
Pour s'empêcher de défaillir ;

1. Noms de poules dans le *Roman de Renart.*

Tandis que quelque *otieux* moine,

— Aussi tenté que saint Antoine,

Et plus prompt à capituler, —

Caresse, au lieu de bréviaire,

Le menton de sa chambrière,

Et se damne avant de ronfler... »

En hiver, dans un coin de l'âtre,

Que la flamme au reflet bleuâtre

N'atteint pas de ses tourbillons,

— Loin des landes et des prairies, —

Pour nous conter leurs rêveries,

Accourent les petits grillons.

LES BUCHERONS

A M. Eugène Jaubert

JE veux vous raconter les gestes authentiques
D'un homme et d'un pivert, tous les deux bûcherons.
— L'un couchait sur le sol les grands chênes celtiques ;
L'autre auscultait le sein des longs bouleaux phtisiques,
Et, pour passer le temps, y creusait des trous ronds

Leur amitié venait d'une commune haine :
Tous deux s'étaient promis, unissant leurs efforts,
D'extirper du coteau sapin, fayard et chêne,
Et de rendre le bois aussi nu que la plaine.
L'un frappait les plus vieux, et l'autre les plus forts.

Dès que sous les rameaux un rayon de lumière
Faisait fuir les lapins en maraude surpris,
Homme et pic travaillaient. — Le soir, de la clairière,
On entendait encor la hache et la tarière,
Et les échos du bois, navrants comme des cris.

Il eût fallu les voir tous les deux à leur tâche !
— L'homme, petit, trapu, courbé parmi les houx,
Se couronnant le front des éclairs de sa hache, —
Et le pic perforant, écorçant sans relâche
Les hêtres, d'où fuyaient de beaux écureuils roux.

Et, comme des guerriers frappés dans leurs armures,
Les géants chevelus s'écroulaient en grondant,
Et le bois s'emplissait de terribles murmures ;
Puis, la mousse étanchait la sève, et les ramures
Jaunissaient sans honneur sous le soleil ardent !

Merles et rossignols, geais bleus, palombes blanches,
Fuyaient ce lieu maudit ; et l'aigle tournoyant,

— S'il voyait s'effondrer comme des avalanches
Les chênes qui portaient ses enfants dans leurs branches,
Du haut du ciel profond s'abattait en criant.

Mais l'homme redressait sa taille rabougrie :
Près du géant tombé le nain se trouvait haut.
« On va bien m'en donner cent francs à la scierie !
Disait-il. Quelle poutre, une fois équarrie !... »
Et le pivert riait de son rire idiot,

Car il représentait, dans cette horrible lutte,
Ce qu'a d'inconscient la haine, et de fatal,
Quand elle s'est logée au crâne d'une brute ;
Il riait des affronts, il riait de la chute
De la forêt, sa mère, et de l'arbre natal !

✠

L'arbre coupé, les deux scélérats faisaient fête :
L'un mangeait du pain noir, et l'autre des fourmis ;

Puis, pour que la besogne au plus tôt fût parfaite,
Le bûcheron au pied et le pivert au faîte
Réveillaient les échos un moment endormis.

Et la noble forêt, lentement dépouillée,
Voyant sa robe verte à ses pieds se flétrir,
D'un indigent tapis de fougère rouillée
Tâchait de revêtir son épaule souillée,
Et pleurait ses fils morts, et se sentait mourir.

Un arbre seulement, — un beau hêtre sans tache, —
Ferme et droit, s'élevait au sommet du coteau.
Dôme vert au printemps, en hiver blanc panache,
L'homme n'avait jamais sur lui porté la hache,
Ni le bec noir du pic troué son blanc manteau.

Mais avec les forfaits grandissait leur audace.
« Après tout, que fait là ce hêtre ? dirent-ils.
— Je trouve qu'à lui seul il tient beaucoup de place !
— Si nous lui rabattions le chapeau sur la face ?... »
Et tous deux contre lui tournèrent leurs outils.

Le hêtre résistait, mais les coups redoublèrent,
Et l'arbre dit enfin : « Je le veux bien, luttons ! »
Puis, ses longs bras sur l'homme en craquant se courbèrent.
L'homme cria, le tronc rugit, tous deux tombèrent,
Et le bois applaudit dans ses antres profonds.

— Comme une ardente fleur d'où le poison s'exhale,
Et qu'on foule en passant parmi les gazons gras, —
Quand le hêtre croula sous la hache brutale,
Le pivert, étendant ses deux ailes d'or pâle,
Fut écrasé sur l'homme et mourut dans ses bras.

Pour faire au bûcheron le sombre *habit sans manches*
Que l'on ne quitte plus une fois qu'on l'a mis,
On tailla dans le tronc quatre solides planches.
Quant au pivert, on le rejeta sous les branches,
Où son cadavre fut mangé par les fourmis.

Et depuis, la forêt, qui dans ses herbes fraîches
Gardait des arbres morts les faînes et les glands,

Sous d'opulents rameaux cachant les cimes sèches,

Aura bientôt fini de réparer ses brèches

Et de renouer son vert manteau sur ses flancs.

Merles et rossignols y reviennent en foule ;

Le rapide chevreuil bondit par les sentiers ;

La source, en gazouillant, vers le ravin s'écoule,

Et dans les coins perdus où le ramier roucoule

Les fiancés rêveurs passent des jours entiers...

⚮

Ainsi tu referas, pourvu que tu le veuilles,

France, les légions qui doivent te venger ;

Et dans l'ombre où depuis sept ans tu te recueilles

Tu vois déjà pousser, comme le bois ses feuilles,

Les rejetons de ceux que frappa l'étranger !

Car ta sève est féconde, et l'on sent ton artère
Bondir sous le talon qui pensait la tarir ;
Et, dès que l'ennemi ne te tient plus à terre,
Tu sais te relever dans ta douleur austère,
Et sans désespérer travailler et souffrir.

Les bûcherons germains t'ont laissé leur entaille,
Et mille pics têtus, éclos de nos revers,
S'acharnent quelquefois à te livrer bataille.
Réponds par le dédain : leur bec n'est pas de taille
A t'aller jusqu'au cœur, grand arbre aux rameaux verts !

Sois donc calme, et travaille aux revanches prochaines,
France ! Rends à tes fils leurs antiques élans !
Fais que leurs bras soient forts comme ceux de tes chênes,
Et tu pourras briser, comme on brise des chaînes,
Ces frontières d'un jour qui te gênent les flancs.

Ainsi que la forêt patiente et tenace
Qui par de nouveaux jets reconquiert le terrain,

Comme elle recueillie et comme elle vivace,

Tu descendras un jour vers les plaines d'Alsace,

France ! et tu reprendras ta terre jusqu'au Rhin !

LES CHATAIGNIERS

J'aime les châtaigniers presque à l'égal des chênes :
Comme eux, ils portent haut leurs têtes souveraines,
Et croissent lentement, et vivent de longs jours ;
En tapis sur leurs pieds s'étend aussi la mousse ;
Leurs bras sont aussi forts et leur ombre aussi douce,
Pour braver la tempête ou cacher les amours.

Bien plus hospitalier que le chêne superbe,
— Qui n'offre à tout venant qu'un lit de mousse ou d'herbe, —
Le châtaignier géant ouvre ses flancs profonds ;
Et, quand siffle la pluie ou que le vent fait rage,
Sur les bords du chemin il sauve de l'orage,
Ainsi que les oiseaux, les pâles vagabonds.

9

Au lieu des glands amers dont vivaient nos ancêtres,
Ou du stérile *gui* recherché de leurs prêtres,
Le châtaignier, sous les soleils de fructidor,
Suspend à ses rameaux les baugues où sommeille
Le marron qui, l'hiver, sous la braise vermeille,
Entr'ouvre sa tunique et montre son cœur d'or.

Je sais un champ planté de ces arbres rustiques,
Dont les épais rameaux et les tiges antiques
Rendent, aux vents d'hiver, de terribles accords...
Tantôt on croit ouïr l'orgue des cathédrales,
Parfois de longs sanglots, parfois aussi des râles...
On appelle ce lieu *la Grand-Combe des Morts.*

Un village jadis occupait cette terre.
Ruthènes et Romains, — César contre Luctère, —
Combattirent, dit-on, sur ce vieux sol gaulois ;
Mais, l'aigle ayant enfin terrassé l'alouette,
La glèbe but le sang, et la Gaule muette,
Pour fuir le joug romain, s'enfonça dans ses bois.

Or les guerriers tombés en arbres reverdirent ;
Leurs branches au soleil chaque jour s'étendirent,
Et flottèrent au vent comme des étendards,
Superbes, et gardant encor dans leurs ramures
Des clameurs du combat quelques vagues murmures,
Et se couvrant de fruits tout hérissés de dards.

Les voilà tels qu'ils sont tombés dans la bataille !
Ce géant dont le sein porte une rouge entaille
Fut sans doute un des chefs par le destin trahis,
Et ces autres, courbés, tordus, couverts de rides,
Témoignent qu'au combat tous furent intrépides,
Et que les vieux aussi sont morts pour le pays.

Là, deux arbres jumeaux, mariant leurs feuillages,
Lèvent leurs fronts sereins épargnés des orages
Et toujours visités des ramiers au printemps :
Ce sont deux amoureux que la guerre farouche
Surprit l'espoir au cœur, des baisers à la bouche,
Et qui sont toujours beaux, ayant toujours vingt ans...

Parfois un champignon monstrueux, sur la mousse,
Au pied des châtaigniers, lève sa tête rousse,
Comme un crâne hideux par la terre vomi.
Tout gonflé de poisons, au soleil il étale,
— Sinistre souvenir de la lutte fatale, —
Ce qui reste d'un traître, ou bien d'un ennemi.

O châtaigniers! ô fils robustes des Cévennes!
Vous dont le sang gaulois enfle encore les veines,
Je vous vénère ainsi qu'on vénère les vieux;
Et j'aime qu'au soleil, au lieu de pâles marbres,
Montent jusques au ciel, drus et forts, les grands arbres,
Qui font chez les enfants revivre les aïeux!

Toulon, le 7 février 1879.

TABLE

Dédicace.   1

Le Coq.   13
Les Oisillons.   21
Le Mariage des Oiseaux.   23
La Chatte noire   29
Un Nid de Merles.   37
Les Moineaux   39
Notre Nid   45
Le Hibou   47
La Fauvette   55
Ma Libellule.   59
La Mort du Geai   63
L'Hirondelle de la Bastille   75

La Chanson des Crapauds 77

L'Abeille. 81

La Ballade des Grillons. 85

Les Bûcherons 89

Les Châtaigniers 97

A PARIS

DES PRESSES DE D. JOUAUST

Imprimeur breveté

Rue Saint-Honoré, 338.